U0330096

【智量译文选】

曼德尔施塔姆诗选

О. Э. Мандельштам Стихотворения

〔俄〕曼德尔施塔姆 著　智量 译

Осип Эмильевич Мандельштам

华东师范大学出版社

目　录

译者前言

　　奥·曼德尔施塔姆作为一个"阿克梅派"，执着地在诗中追求着美。他的诗格律严谨，韵脚清晰，节奏分明，读来朗朗上口，仅在语言音响的听觉感受中，便有一种直透心脾的效果。他用词诡谲，联想奇特，思路逶迤，这使他的诗有时给人以朦胧感。但反复品味之后，你往往还是能够把捉住诗人在他的时间和空间中所特有的某些倾向、观念和情绪。无论你与他产生共鸣与否，他的诗在你心中反正会刻留下自己的痕迹。

　　在奥·曼德尔施塔姆那些迅速的联想、奇异的比喻、奔放的自我抒发中，我们看见一位在艺术的天空中纵情驰骋的幻想家，而在他那些有关宇宙、世界、时代、祖国、人民、战争、和平……的思考中，我们也看见，他的天马行空的幻想和梦境，和他生存在其中的现实联系得十分紧密。他的诗中有纯属个人抒情的篇章（比如《贝壳》，那种爱的情意传达得细腻、绵密），但是不多。他大量的作品都包含关于社会人生的更大的思索。他心头所怀的，是一种马雅可夫斯基所谓的"巨大的爱"。他写道：

> 而我，把未来的世界拥在心中，
> 我竟把无用的"我"全然忘怀。

这是一种多么宽阔的胸襟。在 19 世纪末 20 世纪初这一时期的众多俄国诗人中，奥·曼德尔施塔姆以其艺术与思想上的这一特点而异于他人。他对自己俄罗斯祖国的感情尤其深沉。他有这样的诗句：

> 但我热爱我可怜的土地，
> 因为别的土地我没见过。

> 我又发出对冷漠的祖国的责难，
> ……
> 请允许我，允许我不再爱你！

每一个了解俄国那段历史的读者都会了解：作为一个俄罗斯诗人，在那满目疮痍的时代，怀有这些矛盾又痛苦的复杂感情的诗人，都有一颗对他的祖国和人民的忠实的心。

*　*　*

奥·曼德尔施塔姆精神上的探索起于十月革命前。我们可以从他的诗中找到这种探索的轨迹。他曾经非常苦闷，挣扎着在生活中求取自己和祖国人民的解放，他幻想自己飞出了现实的自己，沐浴闪电，呼唤雷雨，但却因此丢失了自己栖身的窝巢；他找不到一个可以让自己畅怀去爱的地方，他"活跃的思想之箭"不知射向何方；他想到过皈依宗教（"一枚十字架、一条神秘的路，或许，是我们珍爱的东西"），但是他又坦率地告诉读者："上帝！——我错了，我脱口而出，我心里原本并不想这样说。"他感到革命风暴的来临（"处处都是隐而不见的哀伤，连瓦罐儿里，也藏匿着烈火"），但是他又找不到自己坚实的立足点，他内心痛苦，步履艰难，道路曲折。十月革命后，他见到了新生活的希望，曾经积极参加建设，甚至一个时期放弃写作而投身于基层工作。他有时认识到工人阶级的伟大（"工人在他严肃的面具之下，隐藏着未来世纪的崇高温情"），知道工人和知识分子在革命中的一致性（"艺术家和工人说着同一句话：'确实，我们的真理是一个！'"）。但他又始终不能和新生活水乳交融，直到他去世前一年（1937），他仍在苦闷地追求一种"逝去的光"，幻想由此而"飞往无我之境"。奥·曼德尔施塔姆的一生，是探索、追求的一生，他在"我"与"非我"中痛苦地挣扎，他作品中一再表现的"无我"和"忘我"的情怀实质上仍只是一种"有我"之境和自我中心意识的伪装，而他自己却真诚地看不见这层伪装，这大约便是他的悲剧所在，也是他作为那个过渡性历史时代一种类型的代表者的特点。他既是古米廖夫、库兹明、戈罗杰茨基等人的密友，也是勃洛克、马雅可夫斯基的同道。他是矛盾的、复杂的，但是可以理解、值得理解的，而且，他拥有自己独特的魅力。他是应该被我们研究与介绍的世界文学史上一个有才气的作家。我们可以结合自己民族与时代的特征和需要来适当地接受他的诗歌，接受这份属于全人类的文学遗产。

*　*　*

曼德尔施塔姆的全名是奥西普·埃米里耶维奇·曼德尔施塔姆。1881 年 1 月 15 日生于彼得堡一个小商人的家里,中学时代受到泰尼舍夫学校校长、一位二流象征派诗人弗拉基米尔·吉比乌斯的影响开始写诗。1907—1910年去欧洲学习,掌握了德语、英语和法语。1911 年入彼得堡大学历史哲学系。同时开始与库兹明、戈罗杰茨基、古米廖夫等俄国后象征派作家交往。这时,阿克梅派从原先的象征派作家群中形成,核心人物便是曼德尔施塔姆和古米廖夫、戈罗杰茨基、阿赫马托娃、纳尔布特等。曼德尔施塔姆一生共出过六本诗集,第一本《石》于 1913 年出版。其中表现了他对世界政治局势的关注。他的作品的强烈的现实感和社会性,与阿克梅派的其他作家的唯美风格很不相同。

十月革命后,在高尔基的关怀下,他于 1920 年返回彼得堡,住进政府安排的作家公寓。他的居室中空无所有,过着一种不受任何物质条件约束的生活。后来一个时期,他任性漂移、随遇而安,在莫斯科、第比里斯、罗斯托夫等城市都住过,好像一个流浪汉。20 世纪 20 年代,他的创作达到高峰,1922 年出版诗集《特里斯梯亚》,1923 年出版诗集《第二本书》,1928 年出版《诗选》,并有许多文论与诗论发表,1928 年汇集出版的《论诗》是其中一部分文章。同时他也写政论、纪实文学、名人采访等,还曾尝试写儿童诗歌。

曼德尔施塔姆为新时代所做的大量的工作中,还包括他的翻译工作。他译过许多欧洲国家当时的进步作品和古典作品，译过巴比塞，也译过彼特拉克。他译风谨严，尊重原作，反对所谓"自由翻译"。

1933年，他写出著名论文《谈但丁》，论文于1967年，即他死后约三十年，在苏联发表。这篇文章实际上是他本人诗歌观点的概括和总结，他在诗歌理论上的探索与他在创作实践上所做的探索是密切呼应的。

20世纪30年代初开始，他与当时苏联文坛相处不洽，受到指责，而从他这一时期的遗稿中可以看出，诗人内心在进行着真诚而痛苦的探索与追求，他对祖国人民是忠贞的。当时许多作家境况与他相似，勃洛克、阿赫马托娃、帕斯捷尔纳克都是这样。然而，在外表上，曼德尔施塔姆这时游离于文坛之外，连1934年轰轰烈烈的第一次全苏作家代表大会也没有能够参加。1935年，他移居沃龙涅什城，遂脱离文坛，只偶尔为当地报纸写点短文。1937年辍笔，1938年死去。

＊　　＊　　＊

我是初次接触曼德尔施塔姆的诗，也是第一次选译他的诗，我不敢保证这里译出的诗全都是他作品中最上乘的。因为有些诗我自己没有很好地读懂，便没有去译，有些本来应该译出，但是太长，不符合这个小集子的要求；而有些又很可能是由于我个人的偏爱才译出的，好在这只是曼德尔施塔姆诗歌的第一个中译本，我希望今后还会有新的译本出现。

按照我对译诗的看法和做法，我在翻译过程中力求译作与原作神形兼似。我主张翻译工作者应严格以原作为界限，"划地为牢"，自己创造能力的发挥，要尽可能不越出原作这一"雷池"一步。而在"尊重原作"这个范围内，译者当然是有充分的施展才能的天地的。这是翻译工作的自由的限度。在这次翻译中，我尽可能按照这样的原则办事。除内容涵义和思想上对原作的忠实传达之外，在韵脚和节奏上也力求保持原作特点，至于做得如何，那只有请读者品评和指教了。

本诗集是根据苏联作家出版社列宁格勒分社 1973 年出版的曼德尔施塔姆的《诗集》选译的。

智　　量

曼

德

尔

施

塔

姆

诗

选

О. Э. Мандельштам Стихотворения

一枚果实从枝头脱落，
隐约而又谨慎的一声，
汇入林中深沉的寂静——
那一支绵延不绝的歌……

1908 年

你从半明半暗的厅堂里突然跳出，

身上披着一条薄薄的纱巾，——

我们没有妨碍任何一个人，

我们也没有吵醒熟睡的家仆……

1908 年

金箔闪闪发光，
在圣诞树的枝丫中，
可怕的眼光射出树丛——
几只玩具小狼。

噢，我的不祥的悲戚，
噢，我的冷清的舒展，
还有无精打采的苍天
那永远含笑的水晶体！

1908 年

我只读一些孩子们的书，

我只怀有孩子般的想望，

一切大事都已远远消亡，

我从深深的悲哀中脱出。

我已死一般厌倦这生活，

从它那获不得任何东西，

但我热爱我可怜的土地，

因为别的土地我没见过。

在远方花园，我荡起秋千，

简陋的秋千，用木杆架起，

而今，伴随迷雾般的梦呓，

几株高大的黑松如在眼前。

1908 年

比白净的更白净，
你的手，
比温柔的更温柔，
你的脸，
离开滚滚人流，
你遥远，
而你的一切所有——
都命中注定。

都命中注定啊
你的悲戚，
你永远温暖的
尖尖十指，
你永不间断的
丝丝
絮谈，
和你眼里
那遥远。

1909 年

细细的云烟在细细地消亡。
眼前好似一幅紫色的幔帐。

天空向我们下沉、下沉，
向着水池，向着树林。

一只犹豫不决的巨大手掌
把这片片乌云引到天上，

一对充满悲哀的眼睛
迎接着它们迷蒙的花纹。

我不能满足，我静静伫立，
我，创造了自己的全部天地，

那好似人工描绘的天空中，
晶莹的露珠沉入它的美梦……

1909 年

忧伤的丛林被绣在天上，
像混沌天空的一个图形。
为什么你把惶惑的眼睛
高高抬起，向天空瞭望？

天空中——这样的一片混沌——
你会说——它已把时间搅翻，
就像夜晚一样，向着白天——
突然现出峰峦冷冷的身。

死寂的高耸云霄的枝梢
绣出混沌的花会被摧残；
月亮啊，你突然变得昏暗，
求你别把你的月牙缩小！

1909 年

无须说任何言辞，
不该教任何道理，

灵魂如野兽般阴霾，
它既美好，又这样悲哀：

它不想教任何道理，
它不会说任何言辞，

它像头年轻的海豚
在茫茫人海中浮沉。

1909 年

肉体给了我——我拿它怎样处理？
如此完整又分明是我的肉体。

为了享受这生活的安静的快乐，
我该感激谁呢？请您告诉我。

我既是园丁，我也是花朵，
在世界的牢狱中不止我一个。

永恒的玻璃窗上，已留下一层
我的气息，我的体温。

那上面留下的是一层花纹，
不久前它变得模糊不清。

但愿迷雾般的瞬息流过，——
不会把心爱的花纹拭抹。

1909 年

一缕轻烟在凛凛的大气中随风消散，
而我，正忍受着愁苦的闲暇的磨难，
真想羽化而飞升，随一阵清冷的赞美诗，
永远逝去不留踪影，但我却只是
在铺雪的大街上一步步走，在这个黄昏，
狗在叫，西天的斜晖尚未燃尽，
行人迎面而来，他们在招呼我。
别跟我讲话！这会儿有什么好对你说？

1909 年

Silentium[①]

她还没有被生出来，
她——是音乐，也是语言，
因此，在一切生命中间，
仍有条斩不断的纽带。

海洋的胸怀安详地呼吸，
而白昼照耀，如癫似狂，
浪花如一束束苍白的丁香，
插在暗蓝色的花瓶里。

我祝愿我的双唇，
将会获得太初的喑哑，
它生来便纯洁无瑕，
像凝聚为乐曲的水晶！

---

① 拉丁语：静默。

阿佛洛狄忒①啊，请保持浪花原形，

语言啊，愿你回到音乐中去，

人心啊，你从原始的生命流出，

你也该感到你愧对人心！

1910 年

---

① 阿佛洛狄忒：希腊神话中爱与美的女神，即罗马神话中的维纳斯。

风帆把灵敏的听觉绷紧，
广阔的视野中空无所有，
夜半鸟群的隐隐的歌声
正越过寂静，向前洄游。

我像大自然一样可怜，
我也像天空一样单纯，
而我的自由也同样虚幻，
好比这夜半鸟群的歌声。

我眼前是一轮死气沉沉的月，
天空比一片麻布更无生机，
你的世界啊，病态而又奇特，
我愿意接受这个世界，空寂！

1910 年

恰似突如其来的云朵，

飞来一位海上的贵宾，

她一闪即逝，悄声低吟，

从惶惑的岸边掠过。

巍然飞翔着一面巨大的帆；

像死去一般苍白的海浪

一遇见它便躲向一旁——

竟不敢再次去触摸海岸。

而小船，在片片秋叶似的浪花中，

潺潺作响……

1910 年

我从苦难和黏涩的深潭中出世，
潭边的杂草被磨得沙沙有声，
我的生存遭到别人的禁止，
我却享受它，热烈，陶醉，多情。

我蔫萎着，谁也不注意我，
我的栖身所寒冷而泥泞，
萧瑟秋风打我身边吹过——
是短暂的秋日在把我欢迎。

我把残酷的羞辱当做幸福，
我生活着，然而我身在梦境，
我对每个人暗暗地羡慕，
我还暗暗地去爱每一个人。

1910 年

树叶儿同情的沙沙声响，

我习惯用心灵把它判断，

我向树叶黝黯的花纹观望，

从中读出谦卑的心的语言。

那些思想很清晰，一片真诚——

真是一幅透明的缜密的布匹……

请把尖尖的叶儿一片片数清——

而不要再玩弄那种语言游戏。

你的树叶儿的沙沙簌簌——

晦暗不明的语言之树，

盲目昏庸的思维之树，

你将飞往何种希望的高处？

1910 年

从今以后啊，我只把，
只把一种快乐赐给我的心——
沉下，沉下，再沉下，
隐秘的泉啊，请不断下沉。

一束束高高的水花，
飞起，跌落，飞起，跌落
放开嗓音哗哗啦啦，
突然间——又变得沉默。

但是请用思无邪的祭服
裹住我的整个的灵魂——
如同落叶松的大树
搭成的颤巍巍的浓荫。

1910 年

沉闷的暮色遮没了我的床榻，

胸口紧张地起伏难以入睡……

或许，一只精巧的十字架，

一条秘密的小路，我最觉珍贵。

1910 年

随着隆隆雷声和闪闪电光，
掠过不祥之鸟的阵阵悲鸣，
千年万年，数不清的星辰
已经掀过多少页火的篇章。

万物在神圣的惶恐中生长，
各自都以自己的灵魂——
如同燕子当暴风雨来临——
完成着自己难以描绘的翱翔。

你什么时候才融于太阳，
你哟，银光辉耀的浓云？
那时，蓝天将无比清明，
而宁静将舒展它安详的翅膀。

1910 年

马儿慢腾腾地向前跑，
灯笼里只有一点儿火光！
这些陌生人，他们大约知道
该把我送往什么地方。

我相信他们会照料我
我只觉冷，只想进入梦乡。
转弯处，车子狠狠地颠簸，
使我面对星星的光芒。

滚烫的头颅颠得晃来晃去，
不知谁的手，像温柔的冰一样，
昏暗中一行行枞树的身躯，
我今生还从来无缘欣赏。

1911 年

贫穷的光迈着冷冷的脚步，
把明亮洒进潮湿的树林。
我把像只灰色鸟般的愁苦
缓缓地放进我的心。

我拿这只鸟儿怎么办，它受了伤？
大地已经死亡，它沉默不语。
不知是谁，从昏睡的钟楼上
已把那只叮咚响的大钟摘去。

空荡荡，无依无靠无牵挂，
矗立着喑哑无言的碧空，
像座白色的一无所有的塔，
那儿，只有迷雾和一片寂静。

清晨，怀着无边无际的温柔，——
它一半苏醒，一半仍在梦中，
一种难以解脱的忘情的神游——
条条思绪，如迷茫的钟声叮咚……

1911 年

阴沉的空气，闷湿而嚣杂，
在林中我感到坦然，舒畅。
独自散步，这轻轻的十字架，
我又一次驯服地背在身上。

于是，像那只突然飞起的野鸭，
我又发出对冷漠的祖国的责难，——
我所有的是一种凄凉的生涯，
在这种生涯里每个人都很孤单！

一声枪响。在那昏睡的湖面，
鸭子的翅膀如今多么沉重，
湖水映出松树迷蒙的枝干，
仿佛是另一些苍翠的青松。

那是世界的迷迷蒙蒙的疼痛——
昏黄的天际的反光多么奇异——
哦，请允许我也变得同样迷蒙，
请允许我，允许我不再爱你！

1911 年

树叶儿在枝头惊慌地喘息，
黑色的风使它们沙沙作响，
黝黯的天穹中，一只小燕子
画出了个圆圈儿，振翅飞翔。

一步步跨近的黄昏时分
和一只要死不活的月亮
在我的心房中轻声地争论，
我温柔的心啊，正在死亡。

这时，在傍晚的丛林树梢
升起那一轮铜黄色的月，
为什么这样地这样地静悄悄？
为什么这样缺少着音乐？

1911 年

为什么灵魂这般兴奋，不得安闲；
心爱的名字几乎全都不在心中？
为什么韵律这么短暂——只是偶然，
突如其来的阿克维隆①？

它掀起一阵尘埃的云雨，
它好像纸叶般哗啦啦响，
它定将一去不再返回——或许，
它返回时已是另一种模样。

啊，广阔的俄耳甫斯②般的狂风，
你临空高飚，飞入汪洋大海——
而我，把未来的世界拥在心中，
我竟把无用的"我"全然忘怀。

我曾在一座小小的密林中流连忘返，
曾去把一处天蓝色的峭壁石洞探寻……
难道说我是真实地存在于人间，
而且，当真会有位死神向我降临？

1911 年

---

① 阿克维隆，罗马神话中凛冽凶猛的北风之神。
② 俄耳甫斯，希腊神话中的歌手，他的歌声能使山石移动，鸟兽驯从。

贝　壳①

或许，你并不需要我，
夜晚；从宇宙的深渊，
像只不带珍珠的贝壳，
我被抛上了你的海岸。

你淡漠地让波浪泛起泡沫，
你不容分说固执地歌唱，
但是你会爱的，你会评说
这只无用的贝壳所撒的谎。

你会和它一起躺在沙滩上，
你会穿上你自己的衣裙，
你会把水浪洪钟般的声响
和它连结在一起，牢不可分。

---

① 本诗作者生前未发表，此据按手稿刊出的 1973 年版的原文。

于是，一只外壁松脆的贝壳

恰似一间空荡的心的小屋，

你会让它充满喃喃的泡沫，

充满轻风、细雨，充满迷雾……

1911 年

把一根根细细的、细细的丝
绕上珍珠贝雕制的织梭，
啊，柔嫩的手指，你们便开始
传授这令人迷醉的一课！

手儿如潮水，涌来，又退去，——
总是一个动作，单调乏味，
你是在用巫术，毫无疑义，
驱除某种阳光下的淫威，

扇贝似的手掌又大又宽，
宽大的手掌烈火般炽燃，
时而熄灭，被引向昏暗，
时而又奔向玫瑰色的火焰！

1911 年

啊,苍天,苍天,我定会把你梦见!

这不可能,说你会瞎了眼,

说白昼会燃烧,像白纸一片:

没多少灰烬,没多少青烟!

1911 年

我善于让我自己的灵魂
摆脱外在的束缚得到解放：
歌唱——这是血液的沸腾，
一听到它，我会顿时癫狂。

我的与生俱来的实体
仿佛在哪儿已受尽折磨，
早已断裂的原始的联系
如今又一环环重新接合。

我们的本质飞上九天，
升入那无所偏倚的太空——
星星的重锤将直落人间，
击碎一只只颤栗的酒盅；

人的一生中最大的希望
在于命运的极大的欢乐：
肉体回忆起它的家乡——
永远忠贞不渝的故国。

1911 年

请别问我：你自己知道，

柔情来时并不通知谁，

你怎样评说我的心跳，

对我反正都无所谓。

为什么我要表白。

当事情已无可逆转：

关于我的存在，

这问题已归你掌管。

请把手给我。什么情意？

不过是舞动着的蛇蝎。

它们的权力的奥秘——

就在于致命的磁铁！

我不敢制止

蛇蝎激荡的舞动，

我只顾凝视

姑娘光辉的面容。①

1911 年

① 本诗作者生前未发表，此据按手稿刊出的 1973 年版原文。

我在我自己心中蛇一样藏躲，
我在我自己身上藤一样缠裹，
我飞出我自己，青云直上，——

我寻求我自己，飞向我自己，
我用两扇黑色的翅膀拍击，
我展翅飞翔在大海汪洋……

于是，我像只吓坏了的秃雕，
飞回来，再也找不到自己的巢，
它已被人捣毁，抛入深渊，——

我沐浴着闪电的火焰，
一边在把惊雷呼唤，
随即消失在凛冽的云端。

1911 年

蜻蜓迅捷地上下翻飞，
激起池中黑色的闪光，
池塘四周长满芦苇，
蜻蜓飞过，池水鼓荡。

它们时而身后拖一条长丝，
仿佛蜘蛛在织它们的网，
时而劈开漩涡，沉入深池，
再把水浪合拢，成丧服模样。

而我，不知怎的，心情不好，
懒洋洋地，一跤跌进荒草丛，
在我灵魂深处，我似乎感到
寒冷，什么东西在把我刺痛……

1911 年

我冷得浑身颤抖，——
变成哑子吧，我真想！
黄金在空中跳舞，
它命令我放声歌唱。

歇息吧，惊惶的歌手，
去爱，去回想，去痛哭，
从昏暗的天体抛下一只轻球，
赶快去把它抓住！

瞧它，一个神秘的世界
和我们的真正来往！
什么样的重压和悲哀，
什么样的灾难从天而降！

怎么办，如果这颗星
永远闪烁，反常地一个哆嗦，
用它的生锈的别针
竟然触到了我？

1912 年

我恨这种星的光芒，
这些星辰单一沉闷。
你好，我昔日的梦想，——
利箭一般的塔身！

顽石啊，请化作饰物，
请你变成一面蛛网，
去把苍天的空胸脯
用你的细针刺伤！

不久我也难免，——
我已感到翅膀的扇动。
来吧，活跃的思想之箭
何处是你的行踪？

或者，结束了行程
和期限，我将归来：
在那儿——我欲爱不能，
在这儿——我真怕去爱……

1912 年

你的形象，飘浮不定，令人痛苦，

我透过迷雾，不能把它清晰地触摸。

上帝！——我错了，我脱口而出，

我心里原本并不想这样说。

如同一只巨大的鸟，

神的名字，飞出我的前胸。

我前面，是层层的浓雾缭绕，

我身后，是一只空空的牢笼。

1912 年

不是,不是月亮,不是它照耀着我,

是只发光的刻度盘,而我有什么错,

只为我察觉到银河中暗淡的星群?

巴丘什科夫①的傲慢令我反感,

这里人们问他:"现在几点?"

他对好奇的人们回答说:"永恒。"

1912 年

---

① 巴丘什科夫(1787—1855),俄国诗人。以形象优美、富有音乐感的抒情诗闻名,
属唯美派。

徒步者

我感到一阵难以克制的惊悸，
面对这神秘莫测的巍巍高度。
空中的小燕子多么令我满意，
像要腾飞的钟楼真令我倾慕！

仿佛一位古代的徒步旅行家，
我跨越深渊走在腐朽的桥上，
静静谛听雪球怎样越滚越大，
永恒在石钟上怎样嘀嗒作响。

但愿如此！可我不是那位行旅，
我在败叶上忽隐忽现地前移，
而其实，哀愁却在我心头歌舞。

眼前山上一场雪崩，飞石盖地！
而我的灵魂——都在一口口钟里，
但音乐并不能免我万劫不复！

1912 年

赌　场

我并不迷恋于偏执的欢笑，
眼下，大自然是一个灰色斑点。
几杯下肚，我不得不去细看
可怜的生活的这种色调。

风逐乱云，在天上嬉闹，
船锚在海底的石床上静躺，
灵魂挂在该死的深渊之上，
它像一片麻布，已经死掉。

但是我喜爱沙丘中这家赌场，
朦胧的窗外的开阔的景象，
和那揉皱的台布上的微光闪耀。

四周，有绿莹莹的水波环绕，
水晶杯中，是玫瑰色的琼浆，——
这时，我却爱凝望展翅的海鸟！

1912 年

金　币

整天烦恼苦闷，心神不安，
整天呼吸着秋日的潮气。
我想去美美地吃顿晚餐，
反正钱包里有闪亮的金币！

于是，迎着黄色的雾，浑身发抖，
我走进一家地下室的小酒店。
这样的饭馆儿，这样的三教九流，
我这辈子在哪儿也不曾遇见！

这里坐着一群小官僚，
异国的理论家，还有日本人……
柜台那边，一个人在四处寻找
钱币——一个个全都酒气熏人。

"劳您驾，先生，给我调一调，"
我向他礼貌地提出请求，——
"只不过，纸币我可不要，
三卢布一张的那种，我不能接受！"

我能拿这群醉鬼怎么办？

老天爷，我怎么会来到这里？

假如说，对此我还有权发言，——

快请给我兑换我的金币！

1912 年

新教徒 ①

我出门散步，遇见人们在出殡，
这是礼拜天，靠近一座新教小教堂。
我，一个漫不经心的过路人，
察觉到送葬教友肃穆的激荡。

我没听清他们的异族语言，
只看见一副马具闪射的光影，
马儿缓缓踏上节日的路面，
传来阵阵沉闷的马蹄铁声。

马车中光线柔和、昏暗，气氛郁悒，
一个假情假意的女人在车中危坐，
她无言、无泪、也不向别人致意，
她胸前的玫瑰花从我的眼前闪过。

---

① 新教，欧洲基督教分为天主教、东正教、新教三大教派。新教即狭义的基督教，又
  称路德教派或"抗议宗"教派。俄国人主要为东正教派。在俄国的新教徒多为外
  国人。

这群外国人走着，成黑色的一行，
女人们边走边哭，纱巾遮着脸，
马车夫拉紧缰绳，高高在上，
顽固地挤开人群，驱车向前。

你啊，死去的新教徒，不管你是谁，
人们已把你轻易地、草草地埋葬。
出于礼节，他们的眼中也曾有过泪水，
教堂的钟也曾淡淡地敲过几响。

我于是这样思索：何必高谈阔论。
我们都不是先知，也不是预言家，
我们不想升天堂，也不怕踏进地狱门，
我们只是白天点燃的蜡烛，暗淡无华。

1912 年

圣索菲亚大教堂

圣索菲亚大教堂——上帝命令
人人到此停步，不管百姓或者帝王！
因为，据目击者说，你的圆顶
似乎有根链条，悬挂在天上。

查士丁尼①的榜样万世流芳，
当时，以弗所的女神狄安娜②
准许他为了给异教的神建立庙堂，
把一百零七根绿廊柱大理石夺下。

而你的大方的建造者，远瞩高瞻，
心旷神怡，他曾作怎样的构想，
竟把殿堂上的多角形、半圆形的壁龛
安排在朝东和朝西的方向？

---

① 查士丁尼，即查士丁尼一世(482—565)，公元 527 年为拜占庭皇帝，在位时大兴
  土木，君士坦丁堡城中这座圣索菲亚大教堂即为他所建造。
② 狄安娜，希腊神话中月神阿耳忒弥斯在罗马神话中称狄安娜。希腊人在公元前
  12 世纪于小亚细亚西岸以弗所城建立阿耳忒弥斯神殿，为古代世界七大奇观
  之一。

美丽的庙宇,肃穆而安宁,

四十扇大窗——光明辉煌。

乘着风帆,托着穹顶,

走来四位无比俊美的天使之长。

充满着智慧的圆顶建筑

千秋万世留存在人间,

六翼天使的震耳的恸哭

不会使暗淡的镀金翻卷。

1912 年

一千条泉水汇成的溪流——
喃喃絮语着青春的抚爱。
小车儿一闪一闪滑过来，
像一只蝴蝶，那么轻柔。

我微笑着面对春风，
我悄悄儿地环顾四周——
一个女人的戴着手套的手
在赶车——仿佛是场梦。

她急匆匆地赶她的路，
穿着一件黑绸的丧服，
薄薄的面纱把脸蒙住——
面纱也黑得像她的丧服……

1912 年

老　人

天已经大亮了，汽笛在轰鸣，
早晨七点钟。
长相很像魏尔伦①的这位老人，
现在也该清醒！

一双调皮的孩子般的眼睛，
发出绿色的火星，
一条带花纹的土耳其头巾
围着他的脖颈。

他在咒骂神灵，咕咕叽叽，
言语含混不清，
他本想很好地表白一下自己——
开口却不知所云。

---

① 魏尔伦（1844—1896），法国诗人，象征派诗歌的主要代表之一。外貌酷似古希腊哲学家苏格拉底的一座雕像，据说苏格拉底之妻以凶悍著称，而这位生活中的醉酒老人可能外貌和魏尔伦（也和苏格拉底）相似。

一位做苦工的人，梦想成空，
或是苦恼花光了钱，——
一只眼睛深更半夜里被人打肿，
像彩虹，色迹斑斑。

而家中，一场狗血喷头的臭骂
没完没了，无边无际，
他的严厉的妻子就这样对待他，
这位醉酒的苏格拉底！

1913 年

彼得堡的诗

政府大厦那堆黄色的地方，
混沌风雪久久不停地飞旋，
法学院①学生又坐在雪橇上，
呢大衣一裹，神气活现。

轮船入港越冬，停泊在岸边。
太阳照亮船舱厚厚的玻璃。
俄罗斯——像船坞中一艘装甲战舰——
这只巨大的怪兽在艰难地喘息。

而涅瓦河畔——有半个世界的大使，
有海军部大楼，阳光照耀，一片静谧！
政府身上那件紫红袍，硬如铁石，
很可怜，像一件粗陋的毛布外衣。

---

① 法学院，当时一所政府办的特权子弟学校。

北方冒牌绅士的负担十分沉重——
这是奥涅金①当年那古老的悲伤；
在元老院广场上——有雪浪汹涌，
有篝火的浓烟和刺刀的寒光……

小舢板带起水花，海鸥飞来，
拜访存放麻绳的库房堆场，
那儿有蜜水和梭了面包卖，
几个装腔作势的老粗在闲荡。

一串汽艇飞快地驰入雾中。
自尊而又谦卑的行路人，
怪汉叶甫盖尼②，也耻于贫穷，
他吸进汽油烟，诅咒着命运！

1913 年

---

① 奥涅金，俄国诗人普希金诗体小说《叶甫盖尼·奥涅金》中的主人公。
② 叶甫盖尼，普希金的长诗《铜骑士》中的主人公（不是叶甫盖尼·奥涅金）。

"Hier stehe ich——Ich kann
nicht anders..."①

"我站在这里——我只能这样，"
一座阴沉的大山尚未豁然开朗，——
刚强的马丁·路德②失明的魂灵
降临圣彼得教堂③的大圆顶。

1913 年

---

① 德语：我站在这里——我只能这样。
② 马丁·路德（1483—1546），基督教新教创始人。
③ 圣彼得教堂，位于罗马梵蒂冈的一座教堂，是天主教会的中心。

……街头夜行的姑娘多么大胆，

天空疯狂的星星四处飞窜，

流浪汉又死死地把我纠缠，

硬要我给他个过夜的地点。

请告诉我，谁能用葡萄

把我头脑中的意识搅乱，

假如现实是——彼得①的创造，

铜骑士和花岗岩？

我听见要塞②里发出的信号，

我留意到，暖意正盛。

隆隆的炮声也会传到

地下室里吧，我想，可能。

而一场清醒的促膝谈心，

一阵来自涅瓦河上的西风，

会比天上星星由于头脑发昏

而胡言乱语，要更加情重。

1913 年

---

① 彼得，指彼得大帝。

② 要塞，指涅瓦河边的彼得保罗要塞。旧日每当解冻河开时，这里会鸣炮预告水情。

安静的城郊，管院子的人
用铁锹在清扫屋前的积雪。
我，跟几个大胡子的农民
一起，走过这条街。

偶见几个包头巾的妇道人家，
凶猛的看门狗叫声汪汪，
茶炊似一朵朵红玫瑰花，
在酒店里、住户家，烧得正旺。

1913 年

小酒店里，一个强盗帮
整夜在玩多米诺骨牌。
女店主把煎鸡蛋送上，
出家人在那儿痛饮开怀。

塔顶上的喀迈拉①不禁发问：
他们中哪一个最不像样？
白发的传教士到了清晨
把老百姓喊进市场的篷帐。

运来卖的是一笼笼的狗，
生意人的铁锁声咔嚓咔嚓。
人人都是盗窃永恒的小偷，
而永恒——好比海里的沙。

沙子从车上撒落在地——
没有足够的草席口袋来装它，
而出家人，由于未能尽意，
谈起宿夜店，尽说些谎话。②

1913 年

---

① 喀迈拉，希腊神话中的狮头羊身蛇尾喷火妖怪，中世纪哥特式建筑顶上常以它的
　 形象作装饰。
② 本诗原题《小酒店》，发表时无题。

面包有毒，空气也不干净，
想医治伤口有多么困难！
约瑟①，被出卖在埃及的人，
不可能比这更加心酸。

贝都因人②在星光之下，
坐在马背，双目紧紧闭上，
编织出激动人心的神话，
来回忆惊魂未定的过往。

这无须多少创作的灵感：
谁在沙漠中把箭囊丢失，
谁换了马，——往事一件件
如浓雾一片，展现，又消逝。

而假如真正地放开歌喉，
敞开胸怀地歌唱，那么，最后，
一切将烟消云散——只有
旷野、星光和歌手，仍将存留！

1913 年

---

① 约瑟，据《圣经》记载，雅各王子约瑟被诸兄弟出卖到埃及。
② 贝都因人，游牧于阿拉伯半岛和北非地区的阿拉伯人。

短　歌

我口袋里缺钱化，
不讨酒店老板爱，
女仆她会扎扫把，
还会使劲劈木材。

我的手上黑灰多，
眼睫毛上有锅炱，
我把我的美梦做，
别人嫌我是祸害。

蓝眼睛的洗衣婆，
这些奴才好心肠，
晚上睡的硬板窝，
还把贞操当天堂。

满篮衣服要你洗。
屠夫还要调戏你，
于是老爷酒杯里，
明朝红酒甜如蜜！

1913 年

美国酒吧①

酒吧里还不见有姑娘们出现，
仆役们面色阴沉，懒于应对；
一个美国佬燃起一支雪茄烟，
他的尖刻的头脑想入非非。

一张灿灿发光的红漆柜台，
苏打威士忌的堡垒在招引行人：
谁不熟悉酒馆的那副招牌，
即使瓶签缤纷，看不分明？

敞开供应，随意挑选——
成堆的香蕉，颜色金黄，
蜡黄色皮肤的女售货员
却面无表情，像天边的月亮。

---

① 这一首以及其他几首作者于 1912—1913 年间发表在杂志上的诗，作者生前均未
收入自己编的诗集。

我们要了掺咖啡的橘子酒，
起初，我们微微有些儿伤感。
而我们命运之神的车轴
即将向另一个侧面旋转！

后来，我们开始轻轻交谈，
我在一把转椅上稳稳坐定。
我缩在帽子里，用我的麦管
搅动冰块，倾听着嘈杂的人声……

店主人的眼睛——比金币还要金黄——
它不会让幻想家们感到怠慢……
我们不满意的，是明亮的阳光
和天体的运行，移动得过于悠缓！

1913 年

轻浮的生活使我们变得疯狂：

清晨酒杯在手，傍晚仍有醉意。

怎样能挡住这种无谓的欢畅，

你脸上的潮红，噢，酒的瘟疫①？

握手的礼节也变得难以见容，

半夜三更还要在街上接吻拥抱，

这时小河细流都变得沉重，

路灯也像是火炬一样燃烧。

我们都像童话中的狼，在等待死神，

然而我担心，那种人会死得比谁都快——

嘴巴一张简直红得能吓死人，

眼睛前面还倒挂着一绺刘海。②

1913 年

---

① "你脸上"句，借用普希金《瘟疫流行时期的宴会》中的形象。

② 这首诗的情节与形象和安娜·阿赫马托娃的一首诗《我们都是醉鬼、荡妇……》
相呼应。最后三行写的是阿克梅派诗人格·伊凡诺夫。

贱民们入睡了！广场裸露出拱形的大口。

照耀着青铜大门的是如水的月华，

一个小丑①曾在这里为光辉的荣耀犯愁，

一只野兽曾在这里折磨过亚历山大②。

自鸣钟的敲击，一代代帝王的幽灵……

俄罗斯啊！你生活在血泊中和石板上，

我要加入你的钢铁的方阵，

哪怕上帝赐予我的是一团忧伤！③

1913 年

---

① 小丑，指俄皇保罗一世(1754—1801)，死于贵族谋反。

② 亚历山大，指俄皇亚历山大一世(1777—1825)，保罗一世之子。此句中的"野兽"
所指不详，可能暗指他终生不倦地对国内外权势的追求。

③ 这首诗原题《皇宫广场》，曾收入诗集，但被检查官抽去，在此处译文所据的选集
中第一次发表。

董贝父子①

当我听到英国语言的声音，
感到它比口哨声更为刺耳，——
越过一堆账簿的阴影，
我看见了奥利弗·退斯特②。

请问查尔斯·狄更斯先生，
那时的伦敦都有些什么：
董贝的账房，设在伦敦旧城，
再就是一沟黄水的泰晤士河。

雨水、泪水。一个小娃娃，
娇小的董贝儿子，肉皮白嫩，
快活的公司职员在说俏皮话，
只有他一个人不知所云。

---

① 董贝父子，英国作家狄更斯著名小说的书名。原诗集编者在前言中说："在《董贝父子》这首诗中，我们见到的，不单纯是一幅'照狄更斯原作描绘的图画'（在传达小说情节时有意背离了某些细节的准确性），而是深刻地透入了狄更斯创作的特性，精微地触及了社会危机和查尔斯·狄更斯的痛苦的人道主义。"
② 奥利弗·退斯特，狄更斯另一部著名小说的书名，也是作品中主人公的名字。

账房里几把椅子全都很破，
人们在计算着便士和先令；
好像是蜜蜂飞出了蜂窝，
一年到头在数目字中翻腾。

肮脏的律师们伸出尾巴上的刺，
在烟草浓雾中埋头工作，——
瞧吧，仿佛有一条粗粗的绳子，
破产人临空摇摆，套着绞索。

敌人一方定下这样一条：
决不给他任何的帮助！
穿花格布裤子的女儿来到，
把他抱在怀里，放声痛哭。

1914 年

瓦尔基利亚女神①在飞翔，琴弦在歌唱。
一出大而无当的歌剧正在收场。
跟班们把厚重的皮袄裹在身上，
敬候着老爷，肃立在大理石楼梯旁。

大幕这就垂下了，嗯啦一声响，
一个傻瓜还在廉价的座席中鼓掌，
车夫们围着一堆篝火又跳又唱。
某某老爷的车！各奔前程。散场。

1914 年

---

① 瓦尔基利亚女神，北欧神话中帮助战士作战并将阵亡者的灵魂引入圣殿的女神。

…………

月亮上寸草不生，

那可不是好地方，

月亮上的老百姓

都在那儿编箩筐，——

他们用麦秸和稻茎

编成轻巧的箩筐。

月亮上光线太差，

而家里要好得多，

月亮上不像在家——

简直是鸽子窝，

鸽子们住的家呀——

多美的鸽子窝……①

1914 年

---

① 这是长诗《请到月亮上来》中的一小段。

半侧着身子,心贴着忧怨,

眼睛注视着淡漠的众生。

从肩头上,石块一般僵硬,

落下那条伪古典派的披肩。

可怕的声音——苦味的醉意——

叙说着袒露灵魂的阴郁的话:

那时候,愤怒的费得娜①——

拉舍里②,就这样屹立。③

1914 年

---

① 费得娜,法国古典主义剧作家拉辛(1639—1699)同名悲剧中的女主人公。

② 拉舍里,艾丽沙·拉舍里(1821—1858),法国悲剧演员,费得娜的出色扮演者。

③ 这首诗是献给安娜·阿赫马托娃的。

马掌踢踢踏踏,反复唠叨
平凡而粗野的光阴,
看院子的都裹着厚皮袄
在木长凳上酣睡不醒。

守门人,一副威严的懒惰相,
听见有人在敲那扇大铁门,
便立起身来,打呵欠像野兽一样,
令人想起你的尊容,西徐亚人①,

那时,怀着年老气衰的爱情欲望,
在歌里竟把罗马一词和雪花搞混,
奥维德②在把牛皮四轮车歌唱,
跟着一队野蛮的大车行进。

1914 年

① 西徐亚人,公元前 7 世纪居住于黑海北岸的部落人。
② 奥维德,即奥维德·纳索(公元前 43—公元前 17),古罗马诗人,曾被奥古斯都大帝流放到黑海边。

半圆形的柱廊突向广场，

显得那么自由，那么宽舒，——

上帝的庙堂伸展在前方，

像只轻盈的十字形大蜘蛛。

而建筑师并非意大利人，

然而罗马的俄罗斯人，——又怎么样！

你每一次就像个外国人，

缓缓穿过那<u>丛林般</u>的柱廊。

而这庙堂的这小小的身躯

比那庞然大物①百倍地有生气，

这庞然大物竟无计可施，

让整整一块岩石紧压在地！

1914 年

---

① 庞然大物，指彼得堡伊萨阿基大教堂。

② 这首诗是为俄国建筑师 A·H·沃洛希金(1759—1814)逝世一百周年而作。彼
得堡的喀山大教堂就是他建造的。

拐　棍①

我的拐棍就是我的自由，

它是我的生命的真谛，

我的真理不是无需多久

就将成为人民的真理？

当我还没有找到我自己，

我不会崇拜脚下的大地，

我拿起拐棍，欢欢喜喜，

向远方的罗马迈开步子。

---

① 这首诗的主题与形象和作家在 1914 年所写的一篇论及恰达耶夫的文章有关。
他在文中说："对于恰达耶夫，俄罗斯只有一件赐物：精神上的自由，选择的自由。
在西方，这种自由任何时候都不曾得到如此宏大、如此纯粹、如此充分地体现。
恰达耶夫把这种自由作为神圣的拐棍接受下来，走向了罗马。"
　　第二节第三、四两行"而我家中人心头的悲伤，对我来说依旧陌生感浓重"也
与该文中的这段话直接有关："自从这句话在恰达耶夫意识中迸发出来的时候，
他已经不再属于他自己，并与他的'家中人'以及家里的利益永远断绝了关系。"
　　该文刊于《阿波罗》杂志，1915 年第 6—7 期。文中的恰达耶夫（1794—1856）
是俄国宗教哲学家，有革命倾向，普希金曾有一首著名的诗是写给他的。

在这片黑色的耕地上
积雪永远不会消融，
而我家中人心头的悲伤
对我来说依旧陌生感浓重。

大雪在岩石上消融，
它被真理的太阳烧化。
人民是对的！他们给我拐棍
让我前去参拜罗马！

1914 年

可怜的一群，奔跑着，像一只只羊，
这些欧里庇得斯①笔下的老人。
此刻，我走在逶迤的羊肠道上，
阴暗的屈辱填满了我的心。

然而这一个时辰已经不远：
我将抖掉我心头的种种烦恼，
好像一个顽童，每到夜晚，
把他草鞋上的沙粒全都抖掉。

1914 年

---

① 欧里庇得斯（约公元前 480—公元前 416），古希腊剧作家，为古希腊三大悲剧家
之一。

既不要胜利，也不要战争！
噢，铁人们，到什么时候，
保卫安全的卡庇托里①的重任
对于我们，才算承担到头？

或者是，那个雄辩家们的讲坛
不再把它尖利的喙伸出，
它背叛了罗马人的场场鏖战，
背叛了罗马人民的愤怒？

或者是，太阳神的破车老牛，
搬运的只是一块块残砖碎石，
那个低矮幼儿②的手中只有
罗马城的几把生锈的钥匙？③

1914 年

---

① 卡庇托里，构成罗马城区的七个山冈之一。山上有古罗马城堡遗址，在古代，山
上有卡庇托里神殿，是罗马元老院和民众聚会的场所，因此下节诗中说它是"雄
辩家们的讲坛"，并有"尖利的喙"。
② 低矮幼儿，指意大利国王维克多·埃马努伊尔三世(1900—1946)，他年轻而且身
材矮小。
③ 这首诗写于 1914 年第一次大战初期。原题《在战争面前》。

兰斯与科隆①

……然而在古老的科隆也有座教堂，

虽未完工，但毕竟非常美丽，

总还住有一位主持正义的司祭，

那松林般的尖塔顶美妙无双。

这位司祭被骇人的警报声震惊，

在这严酷的时刻，暗夜也更浓更长，

一口口德意志的大钟在放声高唱：

"你们对兰斯的兄弟犯下什么罪行？"

1914 年

---

① 兰斯，法国城市。科隆，德国城市。作者写这首诗时，正值第一次世界大战。法
国兰斯大教堂被德军炸毁。

欧罗巴

它像一只地中海螃蟹，或者像只海星，
它是被浪花抛出水面的最后一片大陆。
广阔的亚细亚、亚美利加受尽海的爱抚，
而当大海冲刷欧罗巴时，已力不从心。

欧罗巴的海岸弯弯曲曲，如生龙活虎，
那一个个半岛上的雕像如临空高悬，
它的海湾的轮廓多少富有女性的特点：
比斯开湾、热那亚湾，一条懒懒的弧。

欧罗巴被人披上神圣同盟①的破烂衣衫，
这是一片属于征服者的古老的土地，
西班牙像一只脚踵，梅杜萨②是意大利，
还有没有国王的温柔可爱的波兰。

---

① 神圣同盟，1915 年 9 月俄国、普鲁士、奥地利结成的意在维护君主专制政体的联
盟。
② 梅杜萨，古希腊神话中的蛇发女怪。

从那时开始,专制君主们手中的欧罗巴!
当梅特涅①冲着波拿巴②伸出羽毛笔尖,——
一百年来头一遭啊,也是我亲眼所见,
你的这幅神秘的地图发生了变化!

                                    1914 年

---

① 梅特涅(1773—1859),奥地利首相,神圣同盟的组织者之一。
② 波拿巴,指夏尔·路易·拿破仑·波拿巴(1808—1873),即拿破仑三世,法兰西
   第二帝国皇帝。

我枯燥的生活
被一把火烧光，
如今我不为石头唱歌，
我把木材歌唱。

木材轻巧而粗壮，
只需用一块木材
就能造出渔夫的桨，
也能造出大船的船台。

钉呀，钉，钉紧木桩，
大锤啊，你敲呀敲，
歌唱木材的天堂，
那儿万物玲珑轻巧。

1915 年

星期二到星期六之间
横亘一片荒漠。
啊，七千里啊路漫漫！
飞箭一般越过。

小燕子成群跨越海洋
向着埃及奋飞，
四天四夜，它们的翅膀
没有沾一滴水。

　　　　　　　　　　1915 年

他们走向山冈，心中愤愤不平，
很像对罗马不满的平民阶级，
这群老母绵羊——黑色的迦勒底人①，
头戴黑暗之冠的妖魔鬼魅。

他们成千上万——纷纷向前蠢动，
毛茸茸的膝盖骨好似一个个小木杆，
他们战栗着，奔跑着，一片毛浪汹涌，
如同神坛前那只巨大轮盘中的神签。

他们离不开皇帝和黑色的阿芬丁山②，
离不开绵羊的罗马和七座山冈，
离不开狗叫声和天穹下的篝火连片
和茅草房中苦味的炊烟，以及烘房③。

好似一排丛林的墙在移动向前，
好似奔跑着军营战士的篷帐，
他们向前走，一团神圣的混乱，
朵朵羊毛如沉重的浪花，挂在身上。

1915 年

---

① 迦勒底人，公元前 1000—公元前 500 年间南美索不达米亚一带的一支闪米特族人，曾向亚述人宣战，争夺巴比伦。
② 阿芬丁山，罗马城坐落在七个山冈上，其中主要为阿芬丁山。当时平民与贵族争斗时，常常逃入此山。
③ 烘房，指欧洲农民用来烘干粮食的房屋。

皇宫广场

一身帝王的锦绣衣冠

和摩托马车的豪华贵重，——

一个尊为天使的柱塔僧①

从首都黑泥潭中被捧上天。

行人走进暗黑无光的拱门，

如同在水中游，消失不见，

广场上，也同在水中一般，

木砖在脚下发出沉闷的响声。

只有那边，堡垒中，灯火通明，

一片深黄色的破布②在逞凶作恶，

仿佛在把双头鹰满肚子的肝火

向四面的空气中喷撒不停。

1915 年

---

① 柱塔僧，终日幽居在柱形塔式教堂内进行苦修的一种古代僧侣。

② 深黄色的破布，指沙俄国旗，旗上有双头鹰图案。

所有温情的教堂都在用自己的声音，
用女声合唱队混杂的音调歌唱，
仰望乌斯宾斯基教堂①石砌的拱顶，
我的双眉高高地抬起，弯成了弓状。

登上天使长们加固防卫的壁垒，
我从美妙的高处俯瞰着全城。
在城堡围墙中，我油然而伤悲，
并且带着俄罗斯的颜色和姓名。

真奇怪啊，我们竟会梦见一座花园，
那儿鸽子在炎热的蓝天里翱翔，
修女们唱的是东正教的诗篇：
莫斯科的佛罗伦萨②是乌斯宾斯基教堂。

---

① 乌斯宾斯基教堂，直译为"圣母升天节教堂"。15 世纪时由意大利建筑师建造。
② 佛罗伦萨，意大利中部城市，有世界著名的中世纪及文艺复兴时期艺术建筑物，主要为教堂。此句原为："充满柔情的圣母升天节——是莫斯科的佛罗伦萨。"原编者注认为"圣母升天节"指圣母升天节教堂，即乌斯宾斯基教堂。

莫斯科的教堂都有五个尖顶，

都有意大利的和俄罗斯的灵魂，

它们令我想起了曙光女神①，

她也穿着皮袄，有个俄罗斯姓名。②

1916 年

---

① 曙光女神，即奥罗拉，罗马神话中的曙光女神。

② 这首诗是诗人写来赠给女诗人玛·茨维塔耶娃的。

噢，在黑色的克里姆林广场，
这里的空气也沉醉于暴乱，
歹徒们把动荡的"安静"摇晃，
连白杨树的芳香也惊恐不安。

一座座面容蜡黄的巨大教堂，
一口口大钟如茂密的森林，
若是有一个不会说话的匪帮，
他准会在巨石大墙之间藏身。

而那些大教堂，神秘的去处，
那儿十分黝黯，十分阴凉，
好像一只只可爱的陶土双耳壶，
俄罗斯的美酒在壶中荡漾。

乌斯宾斯基教堂，它圆得出奇，
整个是一座惊人的拱形天堂，
布拉戈文斯基教堂，一片翠绿，
仿佛会突然间轻声絮语歌唱。

阿尔汉格尔教堂和基督教堂

都通体透亮，一望无遗，任人观摩，——

但处处都是隐而不见的哀伤，

连瓦罐儿里，也藏匿着烈火……

1916 年

"不知在涅瓦河岸的什么地方,
我丢失一枚可爱的宝石胸针。
我舍不得那美丽的古罗马姑娘,"——
您噙着泪水对我叙说衷情。

然而又何必,漂亮的格鲁吉亚女郎,
去惊动神圣的棺木中的尸骨?
当你说话时,你扇形的睫毛上,
一粒小雪花儿正融化成泪珠。

你还把短短的头颈低低地垂下。
唉!没有宝石胸针,没有古罗马姑娘,
我只舍不得黑皮肤的济纳金娜①,——
这少女的罗马,在涅瓦河岸上。

1916 年

---

① 济纳金娜,一个格鲁吉亚的名字,据同时代人 B·M·日尔蒙斯基说,指的是济纳
金娜·卓尔察则。诗人跟她相识。

水晶般清澈的深渊中，四壁多么陡峭！
黄褐色的连绵的群山在为我们说项，
疯狂的岩石砌起的一个个尖刺般的教堂
悬挂在空中，这儿处处是宁静和羊毛……

1919 年

真可惜呢，现在是冬季，
家里听不见蚊虫的嗡叫。
而你，正是你，令我想起
一根轻浮而纤柔的稻草。

蜻蜓在蓝天盘旋飞翔，
时尚像只小燕子翻飞起落，
把个小篮子顶在头上，
或是唱支华丽的颂歌？

我并不打算来规劝你，
找个借口推托也是徒然，
然而，起沫的奶油和橘子皮
却永远可口，永远香甜。

你喜欢信口胡说八道，
这一点倒也无伤大雅，
怎么办呢，最温柔的头脑
喜怒皆形于色，毫不作假。

你老是企图用一把调羹
怒气冲冲地把蛋黄打散。
它被你搅得发白、精疲力尽，
可总难打散它，总要残留一点。

的确，你并没有做错事情，
何必评头论足，揭人之短？
上帝造你，好像就是存心
要你来作喜剧式骂人表演。

你心中充满欲念，充满歌声；
你好像是一支意大利曲子，
你的红似樱桃的小小的嘴唇，
天生为了把甜美的葡萄干吞吃。

你可别希望变得更加聪明，
你身上全是变幻，全是挑剔。
你的小帽子留下来的阴影，
像一副威尼斯舞会上的面具。

1920—1923 年

我希望我能够为你服务，

如同其他那些爱你的人，

我口中念叨不止，出于忌妒，

用我的两片干裂的嘴唇。

言词已不能给我以宽慰，

不能使干涸的唇得到滋润，

没有你，浓密的空气又会

化作一片空虚的混沌。

如今我已经不再去妒忌，

而你，我一心想要得到，

于是我自己便把自己

送给刽子手试他的刀。

我不愿把你称作为爱，

也不愿把你称作喜悦，

它们对我来说已被取代，

代之以奇异而陌生的血。

我立刻会对你脱口而出——

只需要再过一刹那时间：

不是喜悦，而是痛苦——

我此时在你的身上发现，

而且，仿佛是一种罪恶，

你的樱桃小口脉脉含情，

——它已经被你惊惶地咬破——
在把我往你的身边吸引……

快快回到我的怀抱里来，
没有你，我害怕我会毁灭，
如今我感到你的存在，
比以往任何时候都更强烈，
而一切，一切我所希冀，
此刻都分明地在我眼前。
我决不，决不再去妒忌，
然而我此刻正在把你召唤。

1920 年

演员和工人①

这儿有高高的桅杆，有救生圈，
这是在帆艇俱乐部结实的码头上，
在南国的浓荫下，在南方的海边，
建造起一排芳香的木质的围墙。

这几面木墙在游戏中建造起来！
难道说劳动——不也意味着游戏？
脚踏新鲜的木板，走上宽敞的舞台，
第一个在这儿迈步，该多有意思！

粼粼水波上建起个演员之家，
演员本是世界的甲板上的海员，
竖琴啊，它从来，从来不曾惧怕
兄弟们手中沉重的铁锤的震颤！

艺术家和工人说着同一句话：
"确实，我们的真理是一个！"

———————————

① 这首诗是为一处演员咖啡厅的开张而写，诗人曾自己朗诵，时间在他被捕前不
  久。

木匠和诗人生活在同一精神下，
虽然诗人把神圣的美酒来喝。

我们一同劳动——建成我们的家！
谢谢你们，大家日夜不停。
工人在他严肃的面具之下
隐藏着未来世纪的崇高温情！

快乐的琴弦散发着大海的芬芳呀，
航船整装待发——祝你一帆风顺！
一同游向那未来的霞光吧，
你们还不能休息哟，演员和工人！

1920 年

夜晚，在庭院里，我在擦洗，——
天上闪耀着稀疏的星群。
星光——像撒在斧刃上的盐粒，
大水桶的四沿都结上了冰。

两扇门儿紧闭，加上一把锁，
大地凭善良本性，庄严肃穆，——
在哪里能够找到，还很难说，
比嫩叶尖上的真理更纯洁的基础。

星星在大水桶里融化，如同细盐，
凛冽刺骨的水更加黑沉沉，
死亡更纯洁，苦难的味道更咸，
而大地更加真实也更为吓人。

1921 年

寒风在山上咏叹，
忽然间难以承认，——
而时间把我裁剪，
如同割去你的脚跟。

生命正在战胜自己，
声音在逐渐消亡，
总有什么难遂人意，
有什么无暇去回想。

过往总离不开心头，
或许，血液呀，难以想象，
你过去曾怎样簌簌地流，
如今又怎样簌簌地流响。

显然，这两片嘴唇
不会白白地震颤，
峰顶正在摇动，
它注定要被斩断。

1922 年

好像一团面粉在发酵，
开始时，一切都很正常，
而，由于热量在增高，
操持家务的人儿发了狂。

仿佛索菲亚们由于五谷丰登，
从聪明的第二小天使餐桌上，
把那些注入足够热量的圆顶
高高举起，不断向上，向上。

为了凭借力量，凭借柔情
诱发一块面包增大分量，
时间，这位上帝的牧人——
捕捉一个字，像捕捉面包一样。

于是时代的冷酷的弃儿，
对先前已经浓缩了的面包
补足了它们缺少的份额，
把自己应有的位置找到。

1922 年

我不知道，从什么时辰
这支小曲儿开始高扬，——
是不是按照它的调门
小偷潜行，蚊子公爵作响？

我真想再一次来
讲一讲任何事情，
"嗤啦"一声划一根火柴，
用肩顶黑夜，把它唤醒。

真想扔开一个个干草垛——
这空气的帽子，它让人苦痛；
把这只布袋扯开，撕破，
那里边装的是野蒿草种。

为了这玫瑰色的血缘关系，
这些干草茎的铮铮响声，
那被偷去的东西重被找回，
通过世纪、干草棚和梦。

1922 年

我顺手搭起一架木梯

爬上披散的干草棚顶，——

我在呼吸银河的碎粒，

我在呼吸宇宙的病症。

我还在想：何必去激发

这窝拖长了调子的杂音，

在这团永恒的纷纭中攫拿

爱奥利亚人①美妙的琴声？

大熊星座勺子上有七颗星。

人间共有五种善良的感情。

黑暗膨胀着，膨胀着，铮铮有声，

增长着，增长着，重又响声铮铮。

竖起车轮，横在宇宙中间，——

一辆巨大的马车卸完了货。

干草棚中这堆古老的混乱，

刺激着感官，如雪花飞落……

———————————

① 爱奥利亚人，希腊民族的一个分支，分布在小亚细亚海岸一带。有古代的抒情诗
流传，女诗人萨福就是爱奥利亚人。

我们不是在抖动自己的鳞片，
我们是在唱世界不爱听的歌，
我们调整琴弦，仿佛在匆忙间
用一层蓬松的毛把自己包裹。

每当金翅鸟从巢中坠落，
割草人会捧起来送回树丛，——
我从火热的队列中挣脱，
我回到我亲爱的音序之中。

为了这玫瑰色的血缘关系
和草茎的干燥的铮铮响声
相互分离：血——克制着自己，
草茎——沉入玄妙难解的梦境。

1922 年

轻风给我们带来慰藉，

我们察觉，在头顶的苍旻，

有亚述人的蜻蜓的薄翼

和弯曲的黑暗奏出的声音。①

六只手臂的飞怪的躯身，

像云母色的、蹼掌般的树林，

它和阴霾密布的天空的底层

一同因威武的雷雨一片混沌。

蓝天中有个难以渗透的角落，

往往，每当面临安怡的白昼，

仿佛浓黑的夜就要降落，

一颗宿命的星星在那儿颤抖。

---

① 作者在他 1922 年所写的一篇论文《19 世纪》中引出这节诗，并且说："在我们当今
世纪的血管上，流着非常遥远的伟大文化的沉重血液，这文化可能是埃及人和亚
述人的……"

穆斯林的死神①两翼受伤，

她身披鳞甲,艰难地向前,

用她一只高高举起的手掌

托住被她征服了的苍天。

1922 年

---

① 穆斯林的死神,音译为"阿兹拉伊尔"。

莫斯科的小雨

……它把自己燕雀般的清冷
极其吝啬地向下轻抛——
一些儿抛向我们，抛向树丛，
一些儿抛向水果摊上的樱桃。

暗夜里一种激动在升起——
几片茶叶在杯中轻轻翻转，——
仿佛是，一窝小巧的蚂蚁
在墨绿色的丛林中欢宴。

落满新鲜水珠的葡萄园
在柔嫩的青草丛中颤栗，——
它似乎揭开了秘密的源泉，
莫斯科的蹼掌下隐藏着凉意。

1922 年

世　纪

我的世纪，我的野兽啊，谁人
有本领凝神注视你的眼珠，
并且，用自己的鲜血粘紧
两个一百年的两条脊骨？
血液这黏合剂来自世间万物，
它汹涌澎湃而来，喷出咽喉，
只有不劳而食者感到恐怖，
站立在这崭新岁月的门口。

生命所在之处，万物生长，
它们必须为生命带来高潮，
一根隐而不露的强壮脊梁
支撑着呼风唤雨的滚滚波涛。
人间大地上这年幼的世纪
如婴儿骨骼般脆弱松软。
恰似把羊羔当作神坛的祭礼，
人们重又把生活推向峰巅。

只为给新世纪打开牢笼，
只为让新世界向前迈步，

纷乱的时代的旋转舞动，
必须用长笛来加以约束。
这是世纪在用人间悲痛
把阵阵的狂风巨浪掀举，
而毒蛇藏匿在青草丛中
也会感受到世纪黄金的韵律。

幼苗将会长大，它正在成长，
柔芽将会迸发，染出嫩碧，
你软弱的脊椎仍不够强壮，
我的美丽而又可怜的世纪！
你面带一丝茫然的微笑
遥望身后，软弱但又严峻，
仿佛一只野兽尚且幼小，
时而回头张望自己的脚印。

血液这黏合剂来自世间万物，
它汹涌澎湃而来，喷出咽喉，
如同烈性的鱼从水中跃出，
海洋温热的软骨向岸上奔流。
离开蔚蓝的潮湿的长空，
从那高天的鸟类的大网，
冷漠在流呀，流呀，不断地流动，
向着你身上的致命的创伤。

1922 年

不啊，我反正从来都不是个同时代人，
我不宜于享受这样的尊敬。
噢，我多么讨厌一个什么人与我同名，
那不是我，那是另一位先生。

主宰一切的世纪有两颗惺忪的眼珠
和一张美丽的泥土大口，
然而它正在死亡，它已站立不住，
正倒向衰老的儿子的麻木的手。

我和世纪一同抬起病态的眼睑——
两颗巨大的惺忪的眼珠，
轰隆隆的河流曾对我絮絮倾谈
人类激烈的相互控诉。

一百年前，一张平整的轻便小床，
床上一对雪白的枕头，
一具泥土的身体奇异地挺直、伸长，——
世纪结束了它第一次的醉酒①。

---

① 第一次的醉酒，学者们认为，这里指拜伦的死。拜伦为希腊独立而战，死于军中。

当全世界正在进行吱吱嘎嘎的征讨，

那是一张多么轻便的床！

又怎样呢，如果不能把另一个世纪铸造，——

那就跟这个世纪共久长。

而在闷热的房间里、马车里、篷帐里，

这个世纪正走向死亡，

它死后，两颗惺忪的眼珠，在角质小囊里

还闪耀着羽毛状的火光。

1924 年

今天夜晚，决不是骗人，
融化着的积雪齐腰深，
我走在一个陌生的小站，
瞧———一间草房，我走进过道——
几个黑衣修士在喝茶，有说有笑，
一个吉卜赛姑娘跟他们厮缠。

这个吉卜赛姑娘斜坐在床头，
一次又一次抬起头，纠缠不休，
她的话儿听来实在可怜。
她一直坐在那里，直到天明，
她说："哪怕只给我一块头巾，
一块布片儿也行，我都不嫌。"

那时的一切都不能重描，
橡木桌，盐瓶里的小刀，
一只大肚皮刺猬代替面包团。
修士们想唱歌——却不能唱，
他们想起立行走——却只能爬过窗，
弓着腰爬进倾斜的庭院。
就这样过去了半个时辰，
只听见咔嚓咔嚓的嚼食声——
几匹马把黑燕麦吃掉好几升。
黎明时，大门吱嘎一响，

他们在院子里把车套上。

然后，慢慢地暖和着手掌心。

天边是麻布片似的淡淡曙光。

烦闷啊烦闷，它把一桶石灰浆

枉费心机地撒向四方，

而这时，穿过透亮的麻布片，

窗外射进了牛奶色的白天，

一只秃毛白嘴鸦闪闪发亮。①

1925 年

---

① 这首诗最初发表于《列宁格勒》杂志 1925 年第 20 期，1926 年《新世界》第 6 期重
新发表时题为《吉卜赛姑娘》。

生活沉没了，像天边的闪光，
像一根睫毛落入一杯水。
我已经完全学会了撒谎，
因此我什么人也不会怪罪。

你想要一只夜间的苹果，
想要一杯冲水的新鲜浓蜜糖，
你想要，我就脱掉这双毡窝①，
像抱起了一根绒毛一样。

一位天使披着晶莹的珠网，
身上是一件金色的羊裘，
灯光发出的一丝儿微亮，
直照到她的高耸的肩头。

难道是一只猫把身子稍一摇摆，
变成了一只黑色的野兔？
突然间把道路缝合拢来，
随即消失了，不知去向何处。

你红果儿似的唇在怎样打颤，
你怎样给儿子喂了一口茶水，

---

① 毡窝，一种羊毛压制的靴状暖鞋。

你说话，像在揣摸我的思维，
不知所云，后语不搭前言。

作怎样绝望地言不尽意，
你微笑，你养成了撒谎的习惯，——
笑的时候，你那笨拙的美丽
迸发出了它全部的特点。

越过那争奇斗艳的百花，
被那尖尖的王宫宝塔遮蔽，
有一个睫毛后面的国家，——
在那儿，你将会成为我的妻。

咱们挑两双干净的毡窝，
挑两件金黄色的羊皮袄，
咱俩手牵着手，肩肩相摩，
再次走上那同一条街道。

决不回头，也没有任何阻拦，
沿着那些明亮的路标——
那些注满了油的指路的灯盏，
从黄昏一直到东方破晓。

1925 年

亚美尼亚(之一)①

你轻摇着哈菲兹的攻瑰，
你照料着小兽般的童稚，
露出农夫和牡牛的教会
那些肩头的八面的棱子。

全身涂满了嘶哑的赭色，
你整个远远地伸向天涯，
可这里只一小茶盘清水
就粘成一幅小小的图画。

1930 年 10 月

---

① 曼德尔施塔姆 1930 年 10 月至 11 月曾去第比利斯旅行，其间写了 12 首关于亚
美尼亚的诗。这里选译三首。

亚美尼亚（之二）

啊哈，我什么也不愿看，可怜的耳朵已聋。
给我只留下各种色彩的嘶哑的赭色和铅红。

可是为什么我开始梦见了亚美尼亚的早晨，
我想——我要看看埃里温的山雀怎样营生，

用粮食在捉迷藏的面包师怎样弯腰屈体，
怎样从炉灶里取出湿漉漉的拉瓦什①外皮……

啊哈，埃里温，埃里温，是不是小鸟描绘了你，
或是狮子像孩子一样用大自然的彩笔把你描绘？
啊哈，埃里温，埃里温，你不是城——是火红的核桃树，
我爱你的街道的大嘴巴般的歪歪斜斜的纹路。
像有的毛拉弄脏《古兰经》，我把混沌的生活弄污，
我让自己的时间冻结，没有使热血流出。

――――――――――

① 拉瓦什，外高加索地区的扁形淡面包。

啊哈，埃里温，埃里温，我任什么也不再需要，

我不要你的那像冻结了一样的冷漠的葡萄！

1930 年 10 月 21 日，第比利斯

亚美尼亚(之三)

这样一个贫穷的村子①里，
水的皮毛的音乐多么喜人！
这是什么？纺纱？叫声？警笛？
可别碰我呀！可别祸及我身！

在湿漉漉的歌调的迷宫，
这种闷人的混沌尖声急说，
就像水里的姑娘这时来临
在地下的钟表匠家里做客。

1930 年 10 月 24 日

① 贫穷的村子，指阿什塔拉克村。据作者在《亚美尼亚纪行》中说："阿什塔拉克村
悬挂在水的淙淙声之上，就像悬挂在铁丝构架上一样。"

咱俩坐在厨房间，
白色的煤油气味儿甜。

一把尖刀一块面包团……
你高兴，就把煤油炉添满，

要不找些小绳儿来，
整夜不睡编个篮子卖，

那咱俩就好去火车站，
谁也别想见我们的面。

1931 年 1 月

"Ma voix aigre et fausse..."P. Verlain[①]

我要对你吐一吐隐衷，

毫不掩饰：

全是白日梦呀，白日梦，

我的天使。

美向古希腊人在这里

闪着光辉，

耻辱向我从小黑洞儿里

张开大嘴。

希腊人抢走了海伦，

从大海上，

而我只能用嘴唇

舔舔咸浪。

抹在我嘴巴上的东西，

一分钱不值，

---

① 法语：我的声音刺耳又虚伪——P·魏尔伦。引自法国象征派诗人魏尔伦的诗
《小夜曲》。

贫困还对我恶言相逼，
做下流手势①。

哎呀，爱呀，灌呀，扭呀，
反正都一样，
天使玛丽亚，喝你的鸡尾酒吧，
灌你的黄汤！

我要对你吐一吐隐衷，
毫不掩饰：
全是白日梦呀，白日梦，
我的天使。

1931 年 3 月 2 日

---

① 下流手势，一种握拳并从食指与中指间伸出拇指的手势，通常暗示下流行为。

我要当家长还不知哪一天，
我的年纪还不能享受尊敬，
人家还会面对面用丑话骂我，
尽用一些电车上吵架的语言，
既是十分的粗鄙，也毫无意义：
"没出息的货色"，好吧，我就道歉，
然而在内心深处我毫无改变。

当你想，你和世界有怎样的联系，
那么你自己也不敢相信：全是胡闹！
半夜里别人家房门上的一把钥匙，
还有口袋里一枚十戈比的银币，
再就是一张违禁的赛璐璐底片。

我，像只小狗崽子，每当响起
那歇斯底里的铃声就向电话冲去：
电话里在说波兰话："谢谢，太太"，
是别个城市传来的打情骂俏，
或是一个永不兑现的诺言。

你老是在想，到处是烟火花炮，
找个东西当爱好，哪怕上瘾也行，
等你心平气和时，一瞧，你眼前，
只有失业景象，一片乱七八糟：

请吧，请你就跟这些凑合凑合！

时而冷冷一笑，时而胆怯地摆出架势，
拿一根柔嫩的树枝当手杖，我走出门，——
我听见一条条胡同里奏鸣曲的声音，
我在每一个小食摊前舔我的嘴唇，
躲在巨大的门道里一页页地翻书，
我不是在活着，我也总算在活着。

我去找麻雀们，去找新闻记者们，
去找大街上照快相的摄影师，
用个小夹子从个小水桶里一捞——
于是，五分钟，我便得到我的肖像，
背景是一座圆锥形蓝紫色的巍巍大山。

而有时，我下定决心出去跑一跑，
跑进那些闷人的热气蒸腾的地下室，
那儿，一些尊贵的诚实的中国人，
用两根筷子从面团里夹出个小团子，
他们喝烈酒，玩切成长条儿的纸牌，
他们像一群扬子江上飞来的燕子。

我喜欢坐在咔喳咔喳的电车里出游，
喜欢马路上一团团的阿斯特拉罕柏油，
路面上铺着一层稻草编织的席片，
令人想起装意大利豆蔻酒的草篮，
和开始建造那些列宁式大楼的年代

建筑物上常用的鸵鸟毛形状的装点。

我走进各家奇异的博物馆的洞穴，
伦勃朗①的守财奴们在那儿大睁着眼睛，
紧盯着跑圈儿的驯马皮肤的闪光，
我惊叹提香②笔下主教角状的法冠，
也惊叹丁托列托③那花里胡哨的技法，——
超过了成千只吵吵嚷嚷的学舌鹦鹉。

我多么希望能够尽情地寻欢作乐，
能够放开嗓子说话，把真理说出来，
把心头的忧郁送入云霄，叫它见鬼去，
抓起不管谁的手说："放亲热点儿吧，"
我对他说，——我跟你是同路人呀……

1931 年 5 月至 9 月

---

① 伦勃朗(1606—1669)，荷兰画家。
② 提香(1489—1576)，意大利画家。
③ 丁托列托(1518—1594)，意大利画家。

别再垂头丧气，把稿纸塞进书桌，
我如今被抓在可爱的魔鬼手中，
好像理发师弗兰沙用他的香波
把我的头美美儿地洗了一通。

我敢打赌，我还没有死亡，
我敢像骑手一样，用脑袋担保，
我能够在赛跑的跑道上，
当一个十分出色的惹祸包。

现在是一九三一年，我牢记在心，
一个在丁香花中盛开的美好年头，
我记住，蚯蚓一条条地长成，
整个莫斯科都在小快艇上遨游。

别激动：急躁——是一种奢侈。
我要逐渐逐渐地把速度加快，
我踏上小径，迈着冷冷的步子，
我要让我的距离依然存在。

1931 年 6 月 7 日

什么样的夏天！鞑靼人的

闪闪发光的年轻工人的脊背，

脊柱上一条女孩用的布带，

神秘的窄窄的肩胛骨

和孩子的锁骨。

你好啊，你好，

强壮的未受洗礼的脊骨，

有了它我们将活过不止一个世纪，不止

两个……

1931 年 6 月 25 日

哦，我们本喜欢隐瞒真情，
我们毫不费力地遗忘：
童年时，比起长大成人，
我们更加靠近死亡。

孩子睡眼惺忪，尚未清醒，
便抱着盘子吃，还觉委屈，
而我已经不会怪罪任何人，
任何一条路我都将独自走去。

1932 年 4 月

把蜻蜓给丘特切夫①，——

你能猜到是什么原因！

把玫瑰花给维涅维金诺夫②，

而宝石戒指——给谁也不行！

巴拉登斯基③的鞋后跟

激怒着许多世纪的骨灰。

他那儿从来没有彩云，

以及诸如此类的点缀。

还有折磨我们的莱蒙托夫④

他随心所欲地超越了我们，

而费特⑤的铅笔又黑又粗，

还老是要犯气喘的病。

1932 年 5 月至 6 月

---

① 丘特切夫(1803—1873)，俄国诗人，抒情风景诗的大师。

② 维涅维金诺夫(1805—1827)，俄国诗人，以浪漫主义的哲理诗闻名，这里暗指其
《三朵玫瑰》一诗。

③ 巴拉登斯基(1800—1844)，俄国诗人，以心理描写著称。

④ 莱蒙托夫(1814—1841)，俄国诗人，富有反抗精神和叛逆性格，他的诗歌在俄国
文学和世界文学中影响很大。

⑤ 费特(1820—1892)，俄国诗人，善于捕捉瞬息间的情感变化。

我应该活着，虽然我两次死亡，

而城市由于水而呆呆地张望，——

它多么好，多么快活，颧骨多高，

肥沃的土层在犁头上兴致多好，

草原在四月的转换期多么静谧……

而天空，天空——你的布奥纳罗齐①！

1935 年 4 月

---

① "而天空"句，这里指天空云彩的轮廓与米开朗基罗·布奥纳罗齐的不朽的浮雕
相类似。

是的，我躺在地上，双唇微微发颤，

而我说的话，每个学生都会牢记：

在红场上地球比哪儿都圆，

它那自觉自愿的斜面也变得坚硬，

在红场上比哪儿都圆啊，地球，

它的斜面宽阔得令你吃惊，

向后一仰——便倒向稻麦田头，

当地球上还存在最后一个奴隶。

1935 年 5 月

我现在面对严寒，毫无怯意，——
它——无处不在，我——无法脱身，
这片雪原，呼吸着的奇迹，
平整，起伏，却不带一丝皱纹。

太阳眯起眼睛，上过浆似的贫乏、生硬，
它的一对眯缝眼安详而令人快慰，
意味深长的树林——几乎还是那个树林……
而雪地喳喳响，像白净的庄稼，纯洁无罪。

1937 年 1 月 16 日

我在天堂迷了路——我该怎么办？
这位靠近天堂的人，我请教你！
但丁的九只大力士手中的圆盘①
叮当作响对你们更是十分容易。

请别把我和生活掰开，——它往往
梦中杀人，又马上来把你抚爱，
只为使你的耳朵、眼睛，甚至眼眶，
都感受到一种佛罗伦萨的悲哀。

请别给我的额头上，请别这样
扣上一顶让我非常舒服的桂冠，
最好还是，请你来把我的心房
撕成一堆发出蓝色声响的碎片！

当我鞠躬尽瘁，与世永远别离，——
我活着时曾经和一切人友好，——
我要用我胸膛中所有的元气
把天堂的回声传播得更远更高！

1937 年 3 月 19 日

---

① "但丁"句，这里指但丁《神曲》中地狱的九层。据阿赫马托娃说，曼德尔施塔姆能
用意大利语背诵但丁的《神曲》。第二节末句与此有关。

我在天堂迷了路——我该怎么办？
这位靠近天堂的人，我请教你！
但丁的九只大力士手中的圆盘，
叮当作响，变黑、变蓝、窒息，
对你们来说更加显得容易……

假如我不是个过时的、无用的老朽，
你，这位高高在我之上的先生，
假如你有权给我的杯中注酒，
请求你让我敢于开怀畅饮，
祝福那飞旋的高塔长寿，——
祝福那搏斗着的任性的碧云。

鸽子窝、椋鸟笼，一片黑沉沉，
最蓝最蓝的阴影的模式，
解冻的冰，上乘的冰，春天的冰，
朵朵白云——充满魅力的战士——
注意！乌云正在被加以扼制！①

1937 年 3 月 19 日

———————————

① 这首诗与上一首写于同一天，开头四行也基本相同，两首诗互相补充，表达同一
种情绪与感受。

噢，我多么希望，
不曾有人知情，
追随逝去的光，
飞向无我之境！

请你照个圆形——
唯此才有好运，
请你教会星星
世间何谓光明。

我要对你述说，
我悄悄说的话，
向光悄悄拜托，
求它把你收下。

1937 年 3 月 27 日

图书在版编目(CIP)数据

曼德尔施塔姆诗选/(俄罗斯)曼德尔施塔姆著;王智量译.
—上海:华东师范大学出版社,2015.12
(智量译文选)
ISBN 978-7-5675-4373-7

Ⅰ.①曼… Ⅱ.①曼…②王… Ⅲ.①诗集-俄罗斯-现代
Ⅳ.①I512.25

中国版本图书馆 CIP 数据核字(2015)第 289240 号

智量译文选

曼德尔施塔姆诗选

著　　者　(俄)曼德尔施塔姆
译　　者　智　量
项目编辑　陈　斌　许　静
审读编辑　庞　坚
责任校对　王丽平
装帧设计　姚　荣
版式设计　卢晓红

出版发行　华东师范大学出版社
社　　址　上海市中山北路 3663 号　邮编 200062
网　　址　www.ecnupress.com.cn
电　　话　021-60821666　行政传真 021-62572105
客服电话　021-62865537　门市(邮购)电话 021-62869887
地　　址　上海市中山北路 3663 号华东师范大学校内先锋路口
网　　店　http://hdsdcbs.tmall.com

印 刷 者　上海中华商务联合印刷有限公司
开　　本　890×1240　32 开
印　　张　4.5
字　　数　167 千字
版　　次　2016 年 5 月第 1 版
印　　次　2016 年 5 月第 1 次
书　　号　ISBN 978-7-5675-4373-7/I·1464
定　　价　28.00 元

出 版 人　王　焰